Louis Albert Bourgault-Ducoudray

Souvenirs d'une mission musicale en Grèce et en Orient

Antigonos

Louis Albert Bourgault-Ducoudray

Souvenirs d'une mission musicale en Grèce et en Orient

Réimpression inchangée de l'édition originale de 1876.

1ère édition 2024 | ISBN: 978-3-38666-350-2

Antigonos Verlag est une marque de Outlook Verlagsgesellschaft mbH.

Verlag (Éditeur): Outlook Verlag GmbH, Zeilweg 44, 60439 Frankfurt, Deutschland
Vertretungsberechtigt (Représentant autorisé): E. Roepke, Zeilweg 44, 60439 Frankfurt, Deutschland
Druck (Imprimerie): Libri Plureos GmbH, Friedensallee 273, 22763 Hamburg, Deutschland

SOUVENIRS

D'UNE

MISSION MUSICALE

EN GRÈCE ET EN ORIENT

PAR

L. A. BOURGAULT-DUCOUDRAY

PARIS

J. BAUR, LIBRAIRE-ÉDITEUR

11, RUE DES SAINTS-PÈRES, 11

1876

SOUVENIRS

D'UNE

MISSION MUSICALE

EN GRÈCE & EN ORIENT

vant à M. le ministre de l'instruction publique une mission qui me fut accordée.

Parti de Paris le 3 janvier, j'arrivai à Athènes le 15 janvier 1875. Je m'étais arrêté, sur la route de Paris à Marseille, à Dijon, pour voir M. l'abbé Stephen Morelot. Ce savant m'encouragea dans mon entreprise et m'engagea surtout à étudier la musique ecclésiastique grecque, presque inconnue en France.

A peine arrivé à l'Ecole française, où m'attendait une affectueuse hospitalité, je me mis en quête de gens connaissant les airs du pays. Chacun se fit un devoir de m'être utile. Amis et connaissances furent mis en réquisition. Le cuisinier de l'école se trouva être un Epirote, le valet de chambre un habitant des îles. Dans le voisinage on rencontra plusieurs jeunes filles qui chantaient; l'une d'elles, nommée Athina, se distinguait par la fraîcheur et l'exquise pureté de sa voix.

J'allai aussi frapper à la porte d'un colonel qui mit obligeamment à ma disposition les meilleurs chanteurs de son régiment. Parmi ces soldats recrutés dans toutes les provinces de la Grèce, j'en trouvai plusieurs qui savaient des chants dignes d'être notés.

Au bout de quelque temps, les offres de service pleuvaient. Je ne savais auquel entendre ; mon temps ne suffisait plus à contenter le zèle de mes obligeants collaborateurs.

J'avais en peu de jours recueilli beaucoup d'airs ; mais je ne savais rien de la musique ecclésiastique. Ce que j'en avais entendu à l'église ne pouvait m'en donner l'idée, tant les chants y sont défigurés par une mauvaise exécution. Çà et là, j'avais cru entrevoir quelques larges mélodies, quelques accents expressifs, mais d'une manière beaucoup trop vague. Il aurait fallu, pour acquérir des connaissances claires, lire la musique notée de la liturgie grecque ; or cette notation était pour moi une langue inconnue. Pour en pénétrer le sens, je devais ou prendre un professeur, ou acheter une théorie et faire mon éducation dans un livre.

Double embarras ! tous les livres de théorie étaient en grec, et aucun professeur ne parlait le français. Il ne restait plus qu'un moyen : apprendre le grec d'abord, la notation ensuite.

Je me mis résolûment à l'œuvre, espérant qu'en étudiant le grec moderne, ce que j'avais appris autrefois de grec ancien se réveillerait dans mon souvenir. — Je comptais sans la difficulté de la langue.

Désespérant de pouvoir arriver assez vite à la savoir, je pris le parti d'employer une partie de mes leçons à traduire une théorie musicale.

Mon professeur de grec m'expliquait bien les mots, mais ne comprenait rien aux termes techniques dont la théorie était hérissée. De jour en jour croissait mon embarras !

Animé par la plus sympathique bienveillance, le directeur de l'Ecole, M. E. Burnouf, me proposa de faire la traduction d'un grand tableau qu'on m'avait prêté et qui renfermait l'abrégé de la théorie de Chrysanthe de Madytos. J'acceptai avec enthousiasme.

Ce travail de traduction nous prit huit jours, pendant lesquels nous dûmes plusieurs fois faire appel à tout notre courage pour ne pas abandonner la partie, tant cette théorie est diffuse, embrouillée, parfois inintelligible. Nous tînmes bon, et la besogne s'acheva.

Une fois muni de la traduction, je tenais les clefs de la ville que j'avais assiégée en vain jusque-là. Après quelques jours d'efforts, je réussis enfin à me reconnaître au milieu du dédale de signes dont les uns expriment les intervalles et les autres la mesure.

La première fois qu'il m'arriva de pouvoir traduire à l'européenne une mélodie notée en écriture orientale, j'éprouvai une véritable joie. Je courus chez mon professeur de musique, lequel ne parlait que grec (1). Je lui chantai ma traduction; elle était sans faute, et malgré mes affirmations répétées, il s'obstina à croire que je n'en étais pas l'auteur.

Dès lors, initié au mécanisme de la notation orientale, je pus en peu de temps tra-

---

(1) Cette circonstance m'a empêché de profiter autant que je l'aurais voulu du savoir de M. Gérojannis et de sa rare obligeance. Je lui serai toujours reconnaissant de la peine qu'il s'est donnée pour enseigner la musique ecclésiastique grecque à quelqu'un qui ne parlait pas la même langue que lui.

duire un assez grand nombre de mélodies que je me mis aussitôt à harmoniser.

Mais, plus je commençais à voir clair dans la notation, plus j'entrevoyais de problèmes qui me paraissaient insolubles, car les théories que j'avais fini par pouvoir consulter ne m'en donnaient pas la clef. Je compris qu'il me faudrait sans doute quitter Athènes pour aller chercher ailleurs les éclaircissements dont j'avais besoin.

Tout en travaillant avec ardeur à la musique ecclésiastique, je n'avais pourtant pas négligé de recueillir des airs populaires. Ma collection commençait à devenir intéressante et variée. J'eus l'occasion de jouer devant quelques personnes plusieurs airs que j'avais harmonisés, et le plaisir de constater que je n'étais pas seul à apprécier leur exquise originalité.

Malheureusement pour ma récolte, la mauvaise saison (l'hiver fut exceptionnellement froid et pluvieux) fit le plus grand tort au carnaval.

C'est l'époque de l'année où la joie grecque se manifeste par le plus de danses et de chants.

Les danses sont ordinairement accompagnées par la flûte et la grosse caisse. La grosse caisse se joue des deux mains. L'une tient le tampon et marque les temps forts, l'autre tient une vergette flexible et marque les temps faibles.

La flûte est l'instrument populaire par excellence en Grèce. La prédilection des Grecs pour cet instrument et leur passion pour les longues guêtres, les *belles knémides* dont parle Homère, sont deux vestiges encore vivants de l'antiquité.

Les flûtes grecques n'ont pas l'embouchure latérale comme nos flûtes d'orchestre, mais *droite*, comme la clarinette. Leur son ressemble à celui de nos flûtes, mais il a plus de force et produit un effet fort agréable entendu en plein air.

Malgré la pluie torrentielle qui menaçait les mascarades, il y eut des masques assez osés pour sortir et des curieux assez intrépides pour les aller voir. J'étais du nombre, et il m'arriva de suivre tout un jour une mascarade, le parapluie à la main, pour recueillir un air que jouait le conducteur de la troupe et qui m'avait séduit. Cet air revenait de temps en temps au milieu d'autres mélodies qui composaient le répertoire hélas ! trop varié du *tibicen*. Je fis je ne sais combien de fois le tour de la ville. Quand l'air chéri revenait à son tour, j'étais tout oreilles. Je finis par l'apprendre par cœur. Aussitôt je dis adieu à la mascarade et je courus m'enfermer dans ma chambre où, grâce à mon piano, je pus savourer ma conquête.

Cet air est un spécimen parfait du système *conjoint* antique.

Une autre fois il m'arriva de suivre une bande de masques qui parcouraient la ville montés sur des ânes. Un grand mât qui sui-

vait la troupe était planté en terre à chaque
carrefour. Du haut du mât pendaient des rubans de couleur. Chaque ânier en prenait un
dans sa main, et la mascarade tournait autour
du mât autant de fois que le permettait la
longueur des rubans. Quand les rubans se
trouvaient enroulés, la mascarade virait de
bord et tournait dans l'autre sens. Cet exer-
cice, appelé *gaetanaki*, se faisait au son de la
flûte. Le flûteur était déguisé en Arabe et dé-
gaînait à chaque station son instrument, qu'il
avait passé dans sa ceinture à côté de formi-
dables pistolets.

Aux fêtes de l'Epiphanie, qui s'étaient cé-
lébrées quelques jours après mon arrivée
à Athènes, j'eus aussi l'occasion de noter
plusieurs airs caractéristiques, entre autres
l'air d'une complainte religieuse très populaire, qui commence par les mots : Καλ'
ἡμέρα (bonjour).

Cet air est un excellent spécimen du mode
dorien antique.

A cette époque de l'année, les enfants ont
coutume de se promener par bandes dans
toute la ville. Deux d'entre eux précèdent la
troupe qui marche aux sons de la grosse
caisse et de la flûte. Les autres se nourrissent
du rhythme et de la mélodie, et suivent dans
un ordre parfait. Ils vont ainsi de maison en
maison donner des sérénades et porter leurs
vœux aux habitants moyennant quelque léger
cadeau.

Ces processssions d'adolescents, marchant

en bon ordre, au son de la musique, n'indiquent-elles pas un goût précoce pour le rhythme et les exercices d'ensemble?

Dans toutes les fêtes grecques, la musique et la danse interviennent. Si les instruments font défaut, la voix les remplace ; on voit alors la triple alliance de la danse, de la poésie et de la musique dans la chanson *dansée*.

Il est fatigant de chanter en exécutant les danses grecques qui réclament une grande énergie et une grande liberté de mouvements ; aussi, quand ils ont un instrumentiste sous la main, les danseurs en profitent.

Outre la flûte, il est souvent fait usage, pour accompagner la danse, de ce gros hautbois aux sons durs et criards qu'on appelle en Bretagne *bombarde* ou musette.

N'est-il pas étonnant qu'on retrouve cet instrument chez les nations les plus éloignées les unes des autres par la distance et par le caractère ?

Que le chant soit fait par la flûte ou le hautbois, l'accompagnement de grosse caisse est de rigueur.

Le propre de la musique populaire, c'est de rester stationnaire comme l'instinct. L'art, en effet, se réduit à bien peu de chose quand il s'agit d'un air de danse ou d'une mélodie sans accompagnement. Dans les manifestations de la Muse populaire, l'inspiration est tout, la main-d'œuvre n'est rien. Voilà pour quoi les mélodies nationales ont dans leur simplicité une saveur inimitable qui défie les efforts des artistes les plus habiles.

Mais la civilisation a sa gloire. Aussi les Grecs, qui prétendent à juste titre tenir leur place parmi les nations européennes, ne se contentent-ils pas de leurs mélodies nationales, quelque nombreuses et charmantes qu'elles soient. Ils brûlent de se mettre, sous le rapport musical, comme sous tous les autres, au niveau des peuples les plus civilisés. Qu'ils prennent garde, dans leur empressement, de ne pas reproduire servilement ce qui se fait ailleurs ! Que leur engouement pour le progrès n'aille pas jusqu'à l'abandon de leur propre génie et à l'oubli du véritable tempérament de la nation !

L'élément musical indigène est représenté en Grèce par les *chants populaires* et la *musique d'église*.

La musique d'église est un produit plus oriental que grec et un produit non spontané. Elle dérive d'une civilisation musicale qui s'est développée en Orient avec le christianisme et qui a sa théorie, ses modes et sa notation spéciale. Cette musique est encore actuellement une manifestation, déchue il est vrai, du goût oriental. On la trouve non-seulement en Grèce, mais en Turquie, en Asie-Mineure, et partout où se pratique la religion grecque. Sans procéder directement du génie hellénique, comme les chants populaires, elle est un des éléments dont se compose le patrimoine musical de la Grèce moderne.

Indifférent ou hostile à l'élément national le parti du progrès favorise exclusivement à Athènes la musique européenne qui en diffère, et par la théorie et par l'écriture, et par l'importance extrême d'un développement supérieur.

Il en résulte deux courants d'opinion qui ont leurs partisans et leurs défenseurs, et des institutions diverses d'un caractère essentiellement différent : — d'un côté l'Odéon, sorte de conservatoire où l'on reproduit l'enseignement de la musique européenne, sans se préoccuper de l'existence d'un goût et d'une musique nationale ; — de l'autre le Syllogue de musique ecclésiastique, où l'on s'intéresse exclusivement à l'élément indigène, c'est-à-dire à la *musique religieuse* et aux *chants populaires*, sans tenir compte des acquisitions que dix siècles de travail ont fait faire à l'Europe.

Deux institutions utiles, mais se proposant un but diamétralement opposé, sans point de contact et sans trait d'union entre elles, se nuisent et ne produisent pas tout le bien qu'on pourrait en attendre. Le manque d'unité dans les vues cause une grande déperdition de forces ; une regrettable hésitation vient paralyser le mouvement de l'opinion, sollicitée par deux tendances contraires.

La voie féconde n'est pas dans l'une ou l'autre de ces tendances. Toutes deux sont utiles et représentent des intérêts légitimes quoique opposés. Elle est dans la concilia-

tion des deux principes. La Grèce d'aujour-
d'hui ne saurait se contenter d'être la Grèce
d'il y a soixante ans, et elle ne peut non plus
se décider à cesser d'être la Grèce.

Il est curieux de voir se déclarer l'antago-
nisme des deux partis. Les pères tiennent
pour la musique indigène. Presque tous, dans
leur enfance, ont appris la musique du culte
oriental dont les manifestations extérieures
sont intimement liées aux souvenirs héroï-
ques des guerres de l'indépendance. Les fils
tiennent pour le progrès, c'est-à-dire, pour la
musique française, italienne ou allemande, et
font fi de l'élément national, c'est-à-dire d'une
musique douée d'une richesse et d'une va-
riété d'expression *mélodique* très supérieure
à celle de la musique européenne.

Si la musique ecclésiastique, produit d'une
civilisation et d'une religion répandues dans
plusieurs pays, est à peu près la même dans
ces différents pays, il n'en est pas ainsi
de la musique populaire. Cette forme libre et
spontanée du sentiment reflète non-seulement le caractère de chaque nation, mais les
différentes variétés qui existent entre les provinces d'un même pays. C'est ainsi que les
chansons de l'Attique ont un caractère différent de celles de l'Épire. Ces dernières ne
ressemblent pas à celles du Péloponnèse qui,
à leur tour, se distinguent des chansons des
îles.

Il faudrait, pour connaître tous les côtés de
l'inspiration populaire en Grèce, fouiller tou-

tes les provinces et séjourner partout où l'on trouverait quelque chose d'original et de tranché dans les mœurs et le caractère des populations.

J'avais l'intention de visiter le Péloponnèse et l'Epire. Mais je fus détourné de ce projet, d'abord par le mauvais temps qui m'interdit jusqu'au mois d'avril tout voyage dans l'intérieur, puis par le carême qui venait de commencer quand le mauvais temps cessa.

Le carême grec dure quarante-huit jours. Pendant ce temps les Grecs s'interdisent presque toute espèce d'aliments, et de plus s'abstiennent rigoureusement de danses et de chants. Un voyage fait à cette époque dans les provinces où l'observance du carême est plus rigoureuse encore que dans la capitale, eût été peu fructueux, étant donné le but que je poursuivais.

Je changeai donc mon itinéraire et résolus d'aller à Smyrne et à Constantinople. J'espérais trouver là des explications sur la théorie de la musique ecclésiastique, supérieures en clarté à celles que j'avais pu me procurer à Athènes.

J'arrivai à Smyrne à la fin de mars.

Bien que muni de nombreuses lettres de recommandation, ma première visite fut pour le consul français, auquel je n'étais point recommandé. — Heureuse inspiration ! Je ne trouvai point le consul, il est vrai ; mais le chancelier du consulat, M. Laffon, me fit le plus gracieux accueil. En poëte et en artiste

qu'il est, il comprit aussitôt le but de mes recherches et me promit un concours qui fut
des plus efficaces pour en assurer le succès. Dès le soir même il me présenta à Mme
Laffon qui, avec une admirable voix et un
instinct musical supérieur, me chanta un
nombre infini de belles chansons de son
pays.

Mme Laffon est chypriote. Sa mémoire a
retenu avec une fidélité incomparable toutes
les chansons qu'elle a entendues depuis son
enfance. Grâce à son obligeance et à celle
de son mari, je pus fixer, par l'écriture, ces
mélodies naïves et charmantes dont l'existence était confiée jusque-là au dépôt fragile
de la tradition et de la mémoire. M. Laffon
me fournit aussi l'occasion d'entendre chez
lui un chanteur populaire appelé Gérasimos, qui faisait fureur à Smyrne, il y a
quelques années.

Nous n'avons pas l'idée, en Occident, de
ces célébrités populaires. Pour nous, la musique ne marche pas sans un certain appareil.
Un grand chanteur ne se fait jamais entendre
sans orchestre ou du moins sans piano.

En Orient, où l'on n'a point la notion de
l'harmonie, et où les seules productions sont
les productions populaires, il existe une
classe d'artistes spéciaux qui sont à peu près
aujourd'hui ce que furent dans l'antiquité les
aèdes, et, au moyen âge, les trouvères. Ces
artistes, dont tout le talent réside dans l'emploi de facultés naturelles très heureuses,

sont doués parfois d'un foyer de sentiment intense et d'une rare puissance communicative. Gérasimos a aujourd'hui soixante ans. A en juger par ce qui lui en reste, il a dû posséder une voix de ténor d'une grande puissance et d'une grande étendue, surtout dans le haut. Comme tous les orientaux, il a une prédilection pour les notes élevées. Pour lui, l'*ut* de poitrine, qui valut de si bruyants triomphes à Duprez, est une note ordinaire. De pareils sons ne sortent pas sans effort de la poitrine d'un homme. Aussi, quand il chante, la face du chanteur s'empourpre, ses veines se gonflent, les muscles de son cou s'accentuent et se raidissent. Comme la pythonisse sur son trépied, il paraît exalté par une sorte de délire. Il n'interprète pas, il improvise, il crée. S'il exécute deux fois de suite le même air, c'est toujours d'une manière différente et avec des variantes que lui inspire l'émotion du moment. Quand il est bien disposé, il arrive, par un chant purement passionné et complétement dépourvu d'art, à des effets d'une puissance inouïe.

Cette prédilection pour les notes les plus élevées de la voix de ténor existe dans tout l'Orient. Elle enlève au chant tout caractère intime et lui donne quelque chose de la violence du cri. On pense, en entendant ces sons aigus, aux montagnards dont la voix défie l'immensité des distances et la profondeur des abîmes, et aux marins dont l'accent passionné veut dominer le bruit de l'orage.

Les chants qu'affectionne Gérasimos sont ceux dont l'élasticité se prête le mieux aux caprices de l'improvisation. Les chants *klephtiques*, non mesurés et très ornés, lui permettent de donner carrière à sa fantaisie. La charpente de ces airs se réduit à deux ou trois lignes fort simples. Le chanteur y ajoute, non pas des notes d'agrément et des fioritures, mais des développements mélodiques improvisés. Il n'en recouvre pas la nudité avec un amas d'oripeaux, mais c'est avec de la chair et du sang qu'il leur donne la vie musicale. Cette catégorie de chants est représentée en Grèce par des spécimens très nombreux qu'on trouve principalement en Epire. Leur peu de fixité et leur mesure *a piacere* en rend la notation extrêmement difficile.

Gérasimos est un chanteur grec, et chez lui la seule préoccupation artistique est de donner à l'expression du sentiment toute l'intensité possible. Tel n'est pas le caractère du chant oriental, beaucoup plus fiorituré, hérissé de trilles, de roulades, et dans lequel la virtuosité a une part plus grande que la passion.

Le consul de Grèce voulant me faire apprécier toutes les manifestations de la musique à Smyrne, m'invita avec quelques personnes à une petite fête musicale. Le concert se fit aux environs de la ville, dans un de ces poétiques jardins où la population franque va chercher une diversion aux miasmes engendrés par les cloaques et les étangs d'eau

croupie qui décorent les places publiques de
Smyrne.

Il s'agissait d'entendre Karabet, réputation
plus ˙jeune que Gérasimos. Karabet est Ar-
ménien, et son chant se rapproche beaucoup
plus du goût oriental. Quand il chante, il
ferme les yeux, renverse la tête en arrière ;
on dirait qu'il va s'évanouir. Le chant qui sort
de ses lèvres est bien d'accord avec cette attitude de langueur. Ce ne sont que roucoule-
ments et soupirs. Pendant toute la première
partie du morceau, le chanteur improvise
une série de longs points d'orgue accom-
pagnés par des tenues d'instruments. Evi-
demment les Orientaux se préoccupent de
reproduire le chant des oiseaux. Ils cher-
chent à transporter dans leur musique le
plus de roulades, de trilles et de battements
possible. Leur idéal, c'est de montrer une
souplesse de larynx et une dextérité de la
glotte comparable à celle d'un maître rossi-
gnol. L'expression, la passion, sont reléguées
au second plan. Plus de ces chants concis où
la musique ne fait qu'illuminer le verbe et
enflammer l'accent, mais de longues composi-
tions où les paroles jouent évidemment un
rôle accessoire et qui, par leur développement, leur coupe et l'importance de la partie instrumentale, rappellent la symphonie.

Tout le morceau n'est pas exclusivement
composé de floritures et de points d'orgue.
C'est là le caractère de l'*introduction.* Ensuite
vient un mouvement vif ; la mélodie ; jusque-

là molle ét languissante, se redresse en s'appuyant sur un rhythme énergique.

Les instruments qui s'étaient bornés, dans l'*introduction*, à donner le ton à la voix pour l'empêcher de s'égarer, prennent alors un rôle prépondérant. Le violon s'empare de la mélodie et double en la fleurissant la partie que fait le chanteur. Le *santur*, espèce de cithare, exécute aussi le chant, auquel il donne un caractère spécial résultant de l'attaque répétée de petits marteaux qui mettent les cordes en vibration. Quant au violoncelle, tantôt il joue la mélodie en la simplifiant, tantôt il ébauche, sous le chant triplé, une basse rudimentaire. A ce concert d'instruments se joint le timbre un peu maigre, mais clair, de la mandoline qui, avec le *santur*, contribue à répandre sur l'exécution comme un cliquetis de sonorité cristalline.

Cette partie du morceau est la partie animée, la partie d'action, opposée à l'*introduction*, qui exprime exclusivement la rêverie et la passivité. Tout le monde joue, et comme l'instinct individuel n'est point réglé et pondéré en vue d'une unité à produire dans l'ensemble, chacun obéit à son propre sentiment et joue d'autant plus fort que ce sentiment est plus exalté. La partie vocale est complétement submergée dans cette lutte à outrance de sonorité.

Les morceaux que nous avons entendu exécuter à Smyrne par Karabet et son orchestre renferment des parties extrêmement originales. A côté de cette phraséologie un peu vide de traits et de roulades, on rencontre parfois des rhythmes accentnés, pleins de vie et d'entrain, et la présence des modalités orientales donne aux idées musicales un étrange parfum.

Ces morceaux devaient être des arrangements faits par le chanteur-directeur sur des motifs de danse ou de mélodie populaire; leur coupe se rapprochait plus ou moins de celle de la symphonie orientale.

La forme classique de la symphonie orientale comprend cinq morceaux:

1° Le *Taxim*, sorte d'introduction où le premier violon improvise, tandis que les autres instruments accompagnent en faisant des tenues.

2° Le *Peschref*, sorte d'ouverture instrumentale.

Ce morceau est noté.

3ª Le *Siarki* ou *Sarki*, allégro dans lequel le rôle des instruments ne prédomine pas toujours et se borne souvent à accompagner le chanteur.

4° Le *vivace*, morceau général auquel concourent dans une égale mesure le chant et les instruments.

5° Un morceau final d'un mouvement lent, dans lequel le violon reprend un des motifs du *peschref* et improvise dessus.

Mon voyage à Smyrne ne me réussit pas seulement au point de vue de la musique populaire; il me fournit la seule occasion que j'aie eue d'entendre une bonne exécution de musique religieuse.

C'est le protopsalte (1er chantre), de Saint-Dimitri, Misaël Misaëlidis, qui la dirigeait. Là, point d'*ison* (1) beuglé par des enfants criards, pas de ces déraillements qui substituent aux lois d'une musique déjà étrange une fantaisie plus étrange encore.

Là l'*ison* était réglé ; il maintenait la voix des chantres sans la couvrir ; il changeait à propos suivant les exigences de la mélodie, suivant les modulations. Pour la première fois, depuis mon arrivée en Orient, j'éprouvais, en entendant de la musique religieuse grecque, une impression qui n'était pas dépourvue de charme.

Misaël Misaëlidis est du reste un homme intelligent et instruit. S'il n'arrive pas à régénérer la musique byzantine, il aura, par ses travaux, rendu d'incontestables services à l'Orient. Il a le mérite, rare à nos yeux, de ne pas accepter en aveugle une théorie absurde. Il raisonne, il réfléchit, il remonte aux sources. Il a lu les traités des anciens, et dans un ouvrage important, qui n'est malheureusement pas encore imprimé, il montre les contradictions qui existent entre leurs principes et ceux des modernes. Il ne s'est pas

----

(1) L'*ison* est une note tenue par les enfants de chœur qui sert à maintenir les chantres dans le ton. Cette note représente la fondamentale harmonique du mode dans lequel on chante.

contenté de relever les nombreuses erreurs dont fourmillent ces théories qui prétendent donner pour base à la musique byzantine la musique antique ; il a fait une grammaire comparée. Grâce à lui, tout musicien byzantin pourra arriver en peu de temps à lire la portée européenne, et *vice versa*, tout Grec connaissant la musique européenne pourra apprendre facilement la notation orientale.

Misaël a compris l'immense intérêt qu'il y aurait à abattre la barrière qui sépare l'Orient de l'Occident au point de vue musical. Si un but aussi désirable et aussi élevé pouvait être atteint, quelles conséquences n'en découleraient pas ?

Les Orientaux, dont la musique a été immobilisée jusqu'ici dans une longue stagnation, comprendraient quel élément fécond et régénérateur elle doit trouver dans la polyphonie moderne. La musique européenne, déjà fatiguée par un développement excessif de son *majeur* et de son *mineur*, puiserait des éléments nouveaux de combinaison et des moyens d'expression encore inexploités dans l'adaptation de l'harmonie aux modes antiques.

Nous ne pouvons quitter Smyrne sans parler des *orgues de barbarie*. Cet instrument de supplice pour tout musicien européen devient en Orient un vif sujet d'intérêt et une source d'études captivantes.

Les orgues qu'on trouve en Orient sont construits en Europe ; mais on envoie, du pays auquel ils sont destinés des airs indigènes notés, que les fabricants sont chargés de reproduire. Je ne prévoyais pas en France qu'un jour je donnerais à des joueurs d'orgue de gros pourboires, et qu'il m'arriverait de courir après des instruments que je fuyais comme la peste.

On trouve des orgues de barbarie dans toutes les grandes villes d'Orient, mais il y en a à Smyrne un nombre plus considérable que partout ailleurs. Il serait difficile de ne pas les remarquer, non plus que les cerfs-volants dont les enfants du pays peuplent littéralement les airs. Smyrne est d'ailleurs une ville très musicale, et la population grecque y a conservé le goût des plaisirs élégants. Ce goût contraste avec l'état d'incurie et de saleté où croupissent les villes soumises à l'administration turque.

Il est impossible de recevoir un accueil plus cordial que celui qui me fut fait par les habitants de Smyrne. Toutes les personnes avec lesquelles j'entrai en rapport s'empressèrent à l'envi de m'être utiles et de m'aider dans mes recherches. Je dus cette bonne fortune non-seulement aux recommandations dont j'étais pourvu, mais aux qualités essentiellement hospitalières des Grecs, à leur prédilection pour tout ce qui touche aux sciences et aux arts. A peine étais-je débarqué, un riche négociant de la ville me conduisit chez l'archevêque qui, averti du but de mon voyage, voulut me recevoir, bien que alité par la maladie. Il fit venir aussitôt en ma présence deux des chantres principaux de Smyrne : Misaël, dont j'ai parlé, et Nicolaos, premier chantre de la cathédrale et doyen de la musique byzantine.

Agé de quatre-vingts ans, vêtu à l'orientale, le bas du visage sillonné par de longues moustaches grises, ce vieillard a dans son abord une dignité majestueuse. Dans sa contenance un peu théâtrale, on sent percer le sentiment qu'il a de sa valeur et de l'importance de ses fonctions.

Lorsque je quittai Smyrne pour aller à Constantinople, je comptais trouver dans l'ex-capitale de l'empire d'Orient les véritables traditions du chant ecclésiastique grec. Mon attente fut déçue. L'exécution du chant' à l'église patriarcale me parut non-seulement au-dessous de celle de ʒint-Dimitri, à Smyrne, mais au-dessous de la moyenne de ce qu'on entend à Athènes. Nulle part les donneurs d'*ison* ne se montrent aussi impitoyables pour la voix des chantres qu'ils accompagnent et pour les oreilles du public. Aussi, quand on les voit, suivant le rite accoutumé, se prosterner au commencement de l'office aux pieds du patriarche, pour lui annoncer dans quel *mode* le chant va s'exécuter, on ne peut s'empêcher de regretter qu'ils ne gardent pas dans leur rôle d'accompagnateurs quelque chose de cette attitude humble et respectueuse.

Heureusement pour le résultat de ma mission, je fus amplement dédommagé de ce mécompte par les relations que j'eus avec deux des hommes les plus éclairés qu'on puisse rencontrer en matière de musique ecclésiastique. L'un est M. l'archimandrite Aphthonidis, ex-directeur d'un des couvents du Sinaï; l'autre, M. Tantalidis, poëte distingué et professeur au collége de Khalki. Tous deux mirent à ma disposition leur expérience et leurs lumières avec une bonne grâce dont je ne saurais trop les remercier ici (1).

Pour la première fois, je trouvais dans M. Aphthonidis une personne joignant à un esprit étendu et à une compétence spéciale une parfaite connaissance du français. J'allais donc enfin pouvoir dissiper mes doutes et pénétrer ces mystères dont la solution s'était obstiné-ment dérobée à mes efforts.

Je dois le déclarer, la précision des éclaircissements que me donna M. Aphthonidis dépassa mon attente. Je me convainquis, en l'entendant parler, que j'aurais pu pâlir long-temps sur des traités, sans réussir à me faire une idée exacte d'une musique dont la théorie est véritablement à créer et où les principes de la tradition sont en désaccord avec l'écriture et les règles consignées dans

____

(1) Par une amère raillerie de la destinée, ces deux hommes, d'une intelligence si clairvoyante, et si profondément versés dans la connaissance de la musique religieuse, sont affligés de cécité.

les livres. M. Tantalidis joint à un esprit délicat et très cultivé une mémoire musicale extraordinaire. Il sait par cœur tous les chants de la liturgie grecque, pour lesquels il a une passion profonde et qu'il chante avec une conviction et une ardeur sans égales. Un Européen a peine à comprendre comment la mémoire d'un homme peut retenir une aussi incroyable quantité de chants irrégulièrement mesurés et hérissés d'intervalles bizarres.

J'écrivis sous la dictée de ces deux maîtres un bon nombre des passages qui m'avaient le plus frappé parmi les mélodies qu'ils me chantèrent.

Une chose me servit beaucoup dans mes rapports avec M. Aphthonidis. Outre la connaissance du français, il possédait parfaitement la musique européenne ; dans plusieurs occasions, une comparaison empruntée à notre musique vint jeter du jour sur une question obscure. Je ne lui cachai pas le peu de goût que j'avais pour l'exécution de la musique ecclésiastique en général. Il me dit que cela ne l'étonnait pas, que la plupart des chantres étaient ignorants et que la théorie était absolument insuffisante pour former un bon chanteur. Il me fit part de ses idées personnelles, qui me parurent témoigner d'un véritable savoir et d'une grande indépendance d'esprit. Si la santé de M. Aphthonidis lui permet d'écrire un ouvrage où il développe ses idées, je crois que rien ne pourra aider davantage à la solution des nombreuses questions qui obscurcissent l'avenir de la musique ecclésiastique.

J'avouai à M. Aphthonidis que je considérais comme un abus l'emploi exclusif de la mélodie, et que l'*ison* m'exaspérait. Il me répondit que la musique religieuse grecque a, pour qui sait la comprendre, un charme particulier. « Certaines mélodies vous paraissent nues et sans saveur, et elles me font verser des larmes. Les délicatesses de ces intervalles mélodiques que vous trouvez faux suffisent tellement à contenter mon sentiment musical que je ne regrette ni l'absence de l'harmonie ni celle des instruments. »

A propos du troisième mode *plagal* (gamme diatonique avec *si* naturel pour base, ancien *mixolydien*), il me dit que rien n'était joli comme une modulation bien amenée de ce mode dans le quatrième mode *authentique* avec *mi* pour base (l'ancien mode *dorien*). Il m'assura qu'il avait rencontré, dans de rares occasions, des chantres dont l'exécution lui avait causé une satisfaction entière ; jamais il n'avait éprouvé dans sa vie de jouissance plus vive. « Et pourtant, ajouta-t-il, je crois aimer et comprendre votre musique ! »

Je jouai à M. Aphthonidis quelques essais d'harmonisation appliquée à des chants religieux, et j'eus soin de réduire les accords au plus petit nombre et à la plus grande simplicité possible. Malgré sa répugnance instinctive pour ce qu'il regarde comme une profanation, je réussis à lui faire accepter deux harmonisations que nous baptisâmes par euphémisme, vu leur simplicité primitive, du nom de double *ison*.

Ces conversations m'ont prouvé que la même personne peut comprendre et sentir la musique byzantine et la musique européenne, chose que je croyais jusqu'alors impossible. Il ne faudrait pas tirer de ce fait un argument en faveur de la conservation de l'art byzantin *tel qu'il est*. L'opinion générale en Orient, c'est qu'une réforme musicale est devenue nécessaire.

J'eus l'occasion, avant de quitter l'île de Khalki, d'être présenté à une famille bulgare à la bienveillance de laquelle je dus de noter plusieurs airs caractéristiques, dans les modes diatoniques antiques.

Malgré l'heureux succès de mon voyage, puisque j'avais trouvé la clarté et que désormais j'étais sûr de rapporter d'Orient quelques notions précises sur la musique byzantine, je ne pouvais me consoler de n'avoir pas exploré le Péloponnèse et l'Epire au point de vue des chants populaires.

Une heureuse circonstance me permit de combler en partie cette lacune sans quitter Constantinople.

Il existe dans cette ville des Grecs de toutes les provinces. Je fus introduit par M. le docteur Vassiadis dans un cercle d'Epirotes où je pus recueillir une collection variée de chansons de l'Epire.

M, Héraclès Vassiadis est un des principaux promoteurs du mouvement intellectuel parmi les Grecs de l'Empire Ottoman. Grâce à son influence, les Syllogues littéraires et scientifiques ont pris dans le monde hellénique un développement considérable. Avec un pareil introducteur, je ne pouvais manquer d'être chaudement reçu. Toutes les personnes auxquelles il me présenta me témoignèrent un empressement et un zèle dont je profitai largement.

Les Grecs, surtout à Constantinople, font de grands efforts pour développer l'instruction. Toutes les études sont encouragées, les travaux intellectuels de tout genre qui se produisent sont accueillis par un public ardent et éclairé,

Dans un magnifique local construit récemment à Péra, et appartenant au Syllogue littéraire de Constantinople, ont lieu des réunions hebdomadaires où l'on fait des lectures et des conférences sur toutes sortes de sujets. J'en entendis une sur les églises byzantines. Peu de temps auparavant un jeune Grec, M. Tzetzès, en avait fait trois sur la musique grecque.

Dans le local du Syllogue se trouvent un cabinet de lecture et une bibliothèque. Cette institution est d'autant plus honorable qu'elle est le fruit de souscriptions privées.

Quand il s'agit du progrès intellectuel de leur nation, les Grecs sont toujours prêts à faire des sacrifices. Chez eux la générosité est la compagne inséparable de la richesse. Pour le prouver, on pourrait nommer bien des personnes ; citons-en trois. MM. Christaki Zographos, G. Zarifi et C. Zappa méritent sous ce rapport d'être placés au premier rang : ils dépensent des centaines de mille francs par an pour les écoles et les sociétés savantes de leur pays.

Partout où je suis allé en Orient, j'ai trouvé les Grecs sympathiques à mes études et disposés à en favoriser le succès. Nulle part je n'ai rencontré d'indifférence, même pour la question spéciale de la musique ecclésiastique.

J'ai été bien des fois surpris d'entendre des jeunes gens discuter sur la valeur de telle ou telle de leurs mélodies sacrées et chanter de mémoire des exemples à l'appui de leur opinion. Combien en trouverait-on en France se plaisant à raisonner sur le chant grégorien et pouvant le faire avec quelque compétence ?

Il nous est impossible de parler de Constantinople sans dire quelque mots des derviches tourneurs. Autant sont repoussantes les cérémonies des derviches hurleurs de Scutari, autant les solennités du Téké de Péra sont imposantes et ont quelque chose de véritablement religieux. Trois éléments importants causent la grandeur de l'impression : la récitation, — la musique, — la danse.

Rien de noble, de viril et de musical comme le récit des prières en langue arabe. Si

Dieu parlait, il semble qu'il devrait s'exprimer dans cette langue qui, lorsqu'on l'entend, fait naître une émotion grandiose, comme la vue du désert, de l'Océan ou des montagnes.

Quant à la danse, elle réunit au plus haut point la beauté plastique et l'expression. La pose des derviches, pendant qu'ils tournent, exprime l'extase. Quelques-uns ont les bras croisés sur la poitrine et la tête penchée de côté sur l'épaule; d'autres soutiennent leur tête avec la main. Il en est de superbes. Leurs mouvements sont absolument harmonieux. On dirait quand ils tournent ainsi, avançant avec la régularité de planètes animées d'un double mouvement, dans un ordre parfait, sans se heurter, sans même se toucher, on dirait qu'ils obéissent à la loi de la création qui soutient les sphères et que c'est Dieu qui les anime.

La musique qui accompagne la danse est fort originale par le timbre des instruments, par la mélodie, par le rhythme.

L'instrument qui fait le chant est le *neille*, grand bambou percé de trous qui se joue verticalement comme la flûte grecque. La sonorité en est beaucoup plus grave et voilée.

Au début, le *neille* fait dans le grave des tenues qui imitent le timbre des instruments à cordes jouant avec des sourdines. Sur la dernière tenue, un petit tambour d'une sonorité particulière frappe deux ou trois coups secs : c'est le signal de la danse.

La valse commence alors, et la mélodie prend une expression de plus en plus exaltée, toujours soutenue par le rhythme irrégulier et bizarre du tambourin.

A un certain moment, quand le mouvement s'est déjà animé, les voix viennent à la rescousse comme la cavalerie à la fin de la bataille pour décider la victoire. Il résulte de cette adjonction une recrudescence d'ardeur et d'expression qui finit par donner à la musique un entrain irrésistible. Puis la danse comme la musique subit un ralentissement graduel et s'achève par un *smorzando*. Il y a là entre la musique et la danse une union intime, une solidarité parfaite.

Le *neille* n'est pas le seul instrument curieux que nous ayons vu en Orient.

Nous devons mentionner la *lyre*, petit violon à trois cordes dont la seconde est accordée à la quarte et la troisième à la quinte de la première ;

Le *canon*, espèce de cithare dont on attaque les cordes avec un petit appareil qui ressemble à un dé à coudre garni de plumes et qu'on place à l'index de chaque main ;

Le *santur*, qui ressemble au *canon*, mais qui se joue autrement : on met les cordes en vibration en les frappant avec de petits marteaux à manche flexible comme ceux dont on se sert pour l'harmonica ;

La grosse *mandoline*, dont on joue comme de la mandoline italienne, enfin le *tambour* et le *bouzouki*.

Le *tambour* est un instrument à cordes pincées, une sorte de guitare à manche très long. Son étendue comprend deux octaves. Chaque ton est divisé en trois parties. Ces trois divisions, qui sont marquées sur le manche de l'instrument, sont égales entre elles, excepté pour l'intervalle qui sépare le *la* du *si* et le *ré* du *mi* (1).

L'intervalle de *fa* à *sol* ne comprend que deux divisions : l'une correspond au *fa* et l'autre au *fa dièze* européen.

Dans le second mode byzantin, la distance du *sol* au *la* est de 2/3 de ton.

Suivant les idées de M. Aphthonidis, cette distance doit être de *trois quarts* de ton.

L'adoption du quart de ton comme seule subdivision du ton aurait pour résultat d'introduire dans la musique ecclésiastique un principe fixe et d'une application plus pratique que les fractions irrégulières admises jusqu'à ce jour.

C'est à M. Violakis, premier chantre de l'église de Saint-Jean à Galata, que je dois d'a

---

(1) Sur le *tambour*, il y a deux *mi* placés à une très petite distance l'un de l'autre. Le *mi* le plus grave forme avec le *ré* un intervalle d'un ton *mineur* (représenté par le rapport 9 : 10) ; le *mi* le plus aigu, un intervalle d'un ton *majeur* (8 : 9). Il en est de même pour le *si*. Le *tambour* permet donc à l'oreille d'apprécier la différence qui existe entre la tierce majeure naturelle et la pythagoricienne ; cette différence, d'à peu près un neuvième de ton, s'appelle *comma* majeur et s'exprime numériquement par le rapport de 80 : 81.

voir pu connaître l'instrument officiel de la musique ecclésiastique, le *tambour*. M. Violakis, par son esprit distingué et par ses lumières, mérite de prendre place parmi les personnes appelées à jouer un rôle dans la réforme de la musique religieuse grecque.

Le *bouzouki* est un instrument populaire en Grèce. C'est une espèce de mandoline dont le manche est fort long et dont la caisse a la forme d'une coque de navire. Les divisions du manche correspondent aux tons et aux demitons de l'échelle européenne, excepté dans sa partie supérieure qui est destinée à la musique étrangère et divisée en tiers de ton.

Ma première intention avait été de voir les cérémonies de la semaine sainte à Athènes.

On m'avait beaucoup vanté l'originalité des processions nocturnes du vendredi-saint et la physionomie pittoresque des bergers nomades qui se rendent à Athènes, à cette époque, pour assister aux cérémonies religieuses et vendre leurs agneaux.

Je changeai de résolution et je me décidai à rester à Constantinople huit jours de plus. Je ne voulais négliger aucune chance d'y entendre une bonne exécutioh de musique religieuse. Je comptais sur la valeur des chants de la semaine sainte réputés les plus beaux de la liturgie grecque, sur le soin particulier qu'on devait apporter à leur interprétation dans ces grandes solennités, pour modifier ma première impression.

Cette fois encore je fus déçu dans mon attente. Ni à l'église du patriarchat, ni ailleurs, je n'entendis rien qui fût capable de m'enthousiasmer. Quelques-unes des mélodies qu'on chante pendant la semaine sainte sont belles ; mais il faudrait les entendre interpréter par d'autres exécutants et accompagner autrement que par l'odieux *ison*. La seule bonne impression que j'aie retirée de mes excursions quotidiennes au Phanar, est celle du trajet que j'étais obligé de faire pour m'y rendre.

Quand on traverse la *Corne-d'Or* au crépuscule et qu'on voit la silhouette des mosquées et des minarets se détacher sur un ciel rougi par le soleil couchant, alors on comprend la poésie de Constantinople. Au retour, quand le flot transparent reflétait la lumière de la lune, l'effet était plus poétique encore. En contemplant ce spectacle unique au monde, je me consolais des fausses notes et des intonations barbares qui m'avaient écorché les oreilles.

On dit que pendant les fêtes de Pâques, toute la population grecque va festoyer aux environs de la ville dans une vallée pittoresque. On trouve alors réunies toutes les variétés de types et de costumes. Ce ne sont que chants, festins et danses. Malheureusement je ne pus y assister. Je voulais être de retour à Athènes assez tôt pour ne pas manquer les fêtes de Mégare, qui ont lieu le vendredi et le dimanche de la semaine qui suit Pâques.

Je fis le voyage de Mégare avec trois aimables compagnons, M. Ulmann, architecte, pensionnaire de l'Académie de Rome, et MM. Bayet et Collignon, membres de l'école d'Athènes. Je crois que tous les quatre nous garderons un durable souvenir de cette charmante excursion.

Mégare, située entre la mer d'un côté et une vallée verdoyante de l'autre, avec ses mœurs antiques, sa vie pastorale, l'égalité qui règne entre ses habitants, la beauté exceptionnelle de ses femmes, le pittoresque de ses costumes et de ses danses, mérite une place d'honneur parmi les points les plus intéressants de la Grèce.

Le premier jour nous fûmes contempler un spectacle vraiment homérique : celui do deux ou trois cents femmes réunies pour laver le linge dans des auges de pierre. Chaque famille a son auge, et c'est le premier cadeau qu'on fasse à une fille quand elle se marie.

Non loin de là, les travaux des champs présentaient le plus gracieux coup d'œil. On venait de couper les orges. Les femmes élevaient en l'air des fardeaux de gerbes et les passaient aux hommes debout sur les charrettes chargées. De jeunes enfants, vêtus de blouses d'une blancheur éclatante, descendaient de la ville et s'ébattaient dans les prairies.

En présence de ces divers tableaux si poétiques et si frais, de ce paysage splendide, de ce ciel brillant comme de l'or, on se serait cru transporté au sein d'une planète plus heureuse.

Et le soir, au soleil couchant, il fallait voir les jeunes filles à la tunique collante, dessinant pudiquement les formes, venir puiser de l'eau à la fontaine. Que d'attitudes élégantes ! que de groupes charmants ! Tout ce que la jeunesse et la beauté rehaussées par le pittoresque du costume peuvent avoir de poésie se joignait au parfum de vie primitive qui s'exhalait de ces occupations si simples pour enchanter le cœur et les yeux.

Nous ne quittâmes que lentement la plaine, et, en marchant, nous nous retournions avec regret pour contempler la puiseuse attardée qui se laissait devancer par la nuit.

Le lendemain, c'était la fête. Vers deux heures, la danse commença. Une vingtaine de femmes, richement vêtues, se tenant par la main, débouchèrent en dansant sur la grande place de Mégare. Cette première bande fut bientôt grossie par d'autres. Dans l'espace de vingt minutes, toute la population féminine de Mégare était réunie sur la place et dansait.

La danse principale s'appelle la *trata*. Les femmes seules y prennent part. Elles se tiennent toutes par la main sur la même ligne. Chacune a les bras étendus, de manière que les mains de ses deux voisines reposent en s'unissant sur sa poitrine. On dirait un réseau vivant dont les bras enlacés forment les mailles.

La longue chaîne des danseuses avance

obliquement de cinq pas en avant et recule de trois pas en arrière. Il y a dans ce mouvement une imitation du geste que font les pêcheurs quand ils retirent leurs filets de la mer.

Cette danse doit être fort ancienne, comme toutes les danses *chorales*. Peut-être figurait-elle comme un divertissement pittoresque dans les fêtes de Neptune.

Une autre danse appelée *pidikto* a un caractère différent. Les danseuses, au lieu d'une longue chaîne, forment un cercle fermé. A l'intérieur du premier cercle que composent les femmes, s'inscrit un cercle plus petit formé par des enfants. A certains moments, la danse prend un caractère *haletant* (comme le nom l'indique) et procède par bonds rapides et saccadés. Puis elle se calme. C'est une ronde qui se meut avec une alternative de mouvements tranquilles et animés.

Aucune de ces danses ne s'exécute au son des instruments. Les danseuses s'accompagnent elles-mêmes en chantant.

Les airs de ces chansons de danse sont fort courts ; quelques-uns consistent dans de simples formules rhythmiques qui se répètent indéfiniment.

Quant à la danse, elle est d'une extrême simplicité. Tout l'effet en est dû à l'ensemble qui préside à l'exécution et au coup d'œil magique produit par la réunion de tant de costumes éblouissants.

Rien de plus original et de plus riche que e costume de fête des Mégariénnes. Leur tête est couverte d'une coiffure faite avec des pièces de monnaie turques, qui emboîtent le front comme un casque. Leurs cheveux sont enveloppés d'un mouchoir de couleur qui laisse flotter par derrière de longues tresses terminées par des franges d'or. Un large collier de pièces de monnaie descend sur leur poitrine recouverte d'écailles brillantes comme celle de Minerve guerrière.

Les femmes mariées portent sur la tête un voile blanc. Leur justaucorps est en soie de couleur éclatante, verte ou bleue, et bordé d'or. Les manches sont d'une autre couleur que le corsage, et souvent d'une étoffe mordorée qui reluit au soleil. Les jeunes filles, dont le costume est inférieur en richesse, mais non en élégance, ont la jupe bleue bordée de rouge, relevée par derrière, et la tunique flottante. Toutes, femmes et filles, portent au-dessous de la taille une large ceinture qui sert à maintenir le tablier attaché très bas, comme une draperie d'almée. De fines pantoufles turques complètent cet ajustement aussi riche qu'original.

Après avoir contemplé avidement pendant quelques heures danses et costumes, il fallut nous arracher aux délices de Mégare.

Cette belle excursion couronna dignement la liste de mes impressions de voyage en Grèce. Quelques jours après, je partais en emportant le regret de n'avoir pu explorer qu'une bien petite partie de ce noble et intéressant pays.

Pendant la traversée, j'eus l'occasion de remarquer un fait qui me paraît digne d'être mentionné.

Le paquebot qui fait le service du Pirée à Marseille, avait pris à Naples de nombreux passagers. Parmi eux se trouvaient des émigrants calabrais qui se rendaient en Amérique. Couchés sur le pont du navire, ils occupaient les loisirs du voyage en chantant des chœurs.

Chose remarquable! les paroles de ces chants étaient en langue albanaise, et je retrouvai dans la musique les modes antiques que j'avais si souvent entendus en Grèce, mais cette fois *harmonisés.* Le chœur chantait à deux parties.

Jamais encore il ne m'était arrivé d'entendre la *polyphonie* appliquée aux modalités orientales. Est-ce au contact de l'Italie que s'était opéré ce mariage? Jusqu'ici je n'avais vu dans l'influence italienne qu'un élément destructeur des anciens modes. Cette fois, au contraire, l'influence moderne n'avait pas *tué,* mais *fécondé* l'élément antique.

Ces chœurs étaient chantés par des voix d'hommes, lentement, très juste, et avec cette émission tendue dont leur passion pour les notes élevées fait contracter l'habitude aux montagnards.

Je causai avec les chanteurs dont plusieurs avaient une fort belle tournure et une physionomie fort intelligente. Ils parlaient italien entre eux et chantaient en albanais (1). Le sud de l'Italie peut donc bien s'appeler encore la *Grande-Grèce*.

Quelques heures après, nous voyions se dessiner la silhouette des montagnes de la Corse. Là encore on trouverait de curieux exemples de l'influence des migrations et de la persistance du génie des races.

Un Corse auquel je jouai à Athènes quelques-unes des mélodies caractéristiques que j'avais notées, se rappela en avoir entendu chanter plusieurs dans son pays. Ce fait s'explique aisément par la présence d'une colonie grecque qui vint s'établir en Corse il y a deux ou trois cents ans.

Marseille aussi est une colonie grecque. Dans le court séjour que j'y fis, je pus y constater l'existence malheureusement trop rare en France d'un mouvement de décentralisation dans la production musicale.

Dans la vieille cité phocéenne Mercure n'exclut point les Muses.

Qui sait si ce n'est pas le sang grec dont ils sortent qui inspire aux Marseillais le culte des arts et cette fière indépendance ?

---

(1) L'albanais est une langue qui se parle, mais qui ne s'écrit pas. J'écrivis les paroles des chansons que j'avais entendues, en caractères français, et je les leur récitai pour voir si je n'avais rien omis. Leur stupéfaction fut sans bornes. Ils ne comprenaient pas que j'eusse pu fixer ces paroles par l'écriture.